# ふまんが あります

ヨシタケシンスケ

わたしは　いま　おこっている。

なぜなら、おとなは　いろいろと
ズルいからだ。

ちゃんと　もんくを　いって、
ズルいのを　やめてもらおう。

どうして　おとなは　よるおそくまで
おきているのに、こどもだけ
はやく　ねなくちゃいけないの？

じつは、つぎの クリスマスのために、
サンタさんから たのまれた ちょうさいんが、
「よる はやく ねるこか どうか」を、
なんかいも しらべにくるんだよ。

もう
ねてますっ！

うん。

・・・・・

・・・ホント？

ヒミツだけどネ。

ホントかな・・・

よいしょ。

パパは
トイレ。

どうして　おふろに　はいる　じかんを、
おとなが　かってに　きめちゃうの？

なぞの　いきもの
「おふろあらし」より、
さきに　おふろに
はいらないと、

おゆが
なくなっちゃう
からなんだ。

じゃあさ、どうして　パパは　おこると　すぐに
「かってにしなさい！」とか　いうの？

どんな　かってを　するか、
ちょっと　みてみたいからだよ。

かってに
ゾウにのる

かってに
そらをとぶ

かってに
おしろをつくる

じゃあ、
どうして おとうとが
わるいのに、
わたしばっかり
おこられるの？

「おとうとの
かわりに おこられてあげる
やさしい おねえちゃん」って、
王子(おうじ)さまとかに
すっごい にんきが
あるからだよ。

あのコは
えらい!!

こんど おしろに
しょうたいしよう!

じゃあ、どうして
グリーンピースを　たべなきゃいけないの？
パパだって　うめぼし　たべられないくせに！

もくせいの　ごはんは、
ほとんどが　グリーンピースらしいから、
れんしゅうしたほうが　いいと　おもうんだよ。

うちゅうりょこう、
いきたいでしょ？

どうして　こどもは、よる　ねるまえに
おかしを　たべちゃ　ダメなの？

そのほうが、ねたあとに　ゆめの　なかに　でてくる
おかしが　おおきくなるらしいんだよ。

どうして　パパが　イライラしているからって、
わたしまで　ついでに　おこられるの？

 それは「イライラ虫」のせいなんだ。

イライラ虫
体長2mm

イライラばね

イライラ あし　　イライラえき

そいつを　おいはらうには、てあたりしだいに
おこるしかないんだ。
おとなも　こどもも　いいめいわくだよね……。

だって　イライラ虫に
さされると、
こんなふうに
なっちゃうんだよ。

ひー!!

プクーッ

どうして　パパは　じぶんが　ほしいものは
すぐに　かうのに、
わたしの　ほしいものは　かってくれないの？

だって　あのぬいぐるみを
レジに　もっていくと、

おみせの　おじさんは
じつは　わるもので、

パパは　つかまって、

おにんぎょうに
されてしまうんだよ。

パパ?!

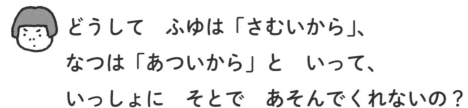 どうして　ふゆは「さむいから」、
なつは「あついから」と　いって、
いっしょに　そとで　あそんでくれないの？

 だって　パパが　ふゆに　そとへ　でると、

シロクマが　パパを　なかまだと　おもって、
ほっきょくに　つれてかえろうと　するからだし、

なつに　そとへ　でると、こんどは
オランウータンが　パパを　なかまだと　おもって、
あつい　ジャングルに　つれてかえろうと　するからだよ。

どうして　ニュースを　みなくちゃいけないの？
わたしは　アニメが　みたいのに！

だって　きのう　えきまえで
テレビの　さつえいを　してて、

パパが　うつってるかも
しれないからだよ。

どうして　すぐに「いま　いそがしい」とか、
「また　あとで！」とか　いうの？

 じつは、そういうときは、
たいてい　おおきな　オナラを
ガマンしているんだ。

ヘタに　うごくとね……

たいへんなことに　なっちゃうんだ。

……じゃあ、どうして「おとなだから」って、
ウインナー　2ほんも　たべていいの？

おとなの　なかには
こどもが　はいっているから、

おとなの　パパと
こどもの　パパに、
ウインナーは、
いっぽんずつ
なんだよ。

どうして　ゆびずもうを　なんかい　やっても、
パパの　かちなの？

「こどもに　まけたら、もういちど
こどもに　もどって　やりなおし」という、
ひみつの　ルールが　あるから、
パパも　ひっしなんだよ。

おやすみの日は、すっごく　はやく　おきて
パパを　たたきおこすくせに、

どうして　がっこうが　ある日は、
なんかい　おこしても　おきないの？

おーきーてー！

…そ…

それはね…

がっこうが　ある日の　あさにだけ、
ゆめの　なかに　でてくる
かみさまが　いるんだよ。

そのかみさまに、いつも　おなじ
ねがいごとを　しているから、
なかなか　おきられないんだよ。

どんな　ねがいごとかって　いうとね……

「だいすきな　パパが、
いつまでも　げんきで
フサフサで
いられますように」って。

## ヨシタケシンスケ

1973年、神奈川県生まれ。筑波大学大学院芸術研究科総合造形コース修了。日常のさりげないひとコマを独特の角度で切り取ったスケッチ集や、児童書の挿絵、装画、イラストエッセイなど、多岐にわたり作品を発表している。『りんごかもしれない』（ブロンズ新社）で、第6回MOE絵本屋さん大賞第1位、第61回産経児童出版文化賞美術賞などを受賞。著書に、『しかもフタが無い』（PARCO出版）、『結局できずじまい』『せまいぞドキドキ』（以上、講談社）、『そのうちプラン』（遊タイム出版）、『ぼくのニセモノをつくるには』（ブロンズ新社）、『りゆうがあります』（PHP研究所）などがある。2児の父。

装丁・彩色・デザイン　albireo

# ふまんがあります

2015年10月 2 日　第 1 版第 1 刷発行
2016年 9 月16日　第 1 版第17刷発行

作・絵　ヨシタケシンスケ
発行者　山崎　至
発行所　株式会社PHP研究所
　　　　東京本部 〒135-8137 江東区豊洲5-6-52
　　　　　児童書局 出版部 TEL 03-3520-9635（編集）
　　　　　　　　　　普及部 TEL 03-3520-9634（販売）
　　　　京都本部 〒601-8411 京都市南区西九条北ノ内町11
　　　　PHP INTERFACE http://www.php.co.jp/
印刷所
製本所　共同印刷株式会社

©Shinsuke Yoshitake 2015 Printed in Japan
ISBN978-4-569-78502-8

〈32〉P　26cm　NDC913